Textes intégraux

Conception graphique Marie Pécastaing et Père Castor

Éditions Flammarion (n° L.01EJDN000756.N001)
87, quai Panhard-et-Levassor, 75647 Paris Cedex 13
www.editions.flammarion.com
Dépôt légal : mars 2012 – ISBN : 978-2-0812-6383-3
Imprimé en Asie par Toppan en décembre 2011
Loi n°49-956 du 16 juillet 1949 sur les publications destinées à la jeunesse

Mes premières histoires du Père Castor

dès 2 ans

Père Castor • Flammarion

Sommaire

Loup ne sait pas s'habiller

Raconté par Nadine Brun-Cosme
Illustré par Nathalie Choux

Ce matin-là, Loup se réveille en bâillant,
et c'est comme les autres matins.
Il s'étire, enfile son grand pull rouge
et ses souliers un peu crottés, ses préférés,
et c'est comme les autres matins.

Et puis, il se met debout.
Et là, ce n'est pas, mais alors pas du tout,
comme les autres matins :
ce matin-là, Loup a mal aux pieds.
Et quand il marche, il boite.

Voilà Lapin qui montre son nez. Dès qu'il le voit, Loup crie :
– Lapin ! Lapin ! Je me souviens... Hier, quand j'ai voulu t'attraper, c'est toi qui m'as marché sur le pied.
Et maintenant, regarde ! Je boite !

– **Ta, ta, ta,** dit Lapin. Quand tu m'as couru après, je n'avais rien mangé.
Alors, quand je t'ai marché sur le pied, j'étais si léger que tu n'as rien senti !
– C'est vrai, dit Loup, c'est vrai !

Et Loup s'en va. Il boite encore plus.

Et voilà Cochon qui est par là. Dès qu'il le voit, Loup crie :
– Cochon ! Cochon ! Je me souviens… Hier quand j'ai voulu t'attraper, tu m'as poussé si fort que tu m'as fait tomber !
Et maintenant, regarde ! À cause de toi j'ai mal aux pieds !

– **Ta, ta, ta,** dit Cochon. Quand je t'ai poussé, tu es tombé, à plat ventre !
– C'est vrai, dit Loup, c'est vrai !

Et Loup s'en va. Et il boite encore plus.

Et voilà Vache qui broute là-bas.
Dès qu'il la voit, Loup crie :
– Vache ! Vache ! Je me souviens...
Hier, quand j'ai voulu te manger, tu m'as lancé un caillou.
Et maintenant, regarde ! À cause de toi j'ai mal aux pieds !

– **Ta, ta, ta,** dit Vache.
Mon caillou, il t'est tombé sur la tête. Pas sur les pieds.
– C'est vrai, dit Loup, c'est vrai.

Et d'un coup, Loup se met à pleurer.
– Mais qui m'a fait si mal aux pieds ? pleure-t-il.

Alors Lapin, Vache et Cochon s'approchent. Lapin sourit. Il chante.

– *Le bon roi Dagobert…*

– M'en fiche, moi, du roi ! dit Loup. J'ai mal aux pieds !

Cochon sourit. Il dit :

– Loup, écoute donc la suite !

Et il chante à son tour :

– *… a mis sa culotte à l'envers !*

– M'en fiche, moi, des culottes ! dit Loup. J'ai mal aux pieds !

Mais il dresse quand même l'oreille et il essuie son nez qui commence à couler.

Vache sourit. Elle dit :

– Loup, écoute quand même !

Et elle chante à son tour :

– *Le bon saint Éloi lui dit : « Oh ! Mon roi ! Votre majesté est mal culottée… »*

– Et ensuite ? dit Loup en levant le nez, tout à coup très intéressé.

Alors Lapin, Vache et Cochon hurlent en chœur :
– *C'est vrai, lui dit le roi, je vais la remettre... à l'endroit !*
Et puis, ils crient :
– Loup, regarde tes pieds !

Loup regarde ses pieds. Et il s'écrie :
– Non d'un loup ! Mes chaussures ! J'ai mis ma chaussure droite au pied gauche, et ma chaussure gauche au pied droit ! J'ai mis mes chaussures à l'envers.
Puis il regarde Lapin, Vache et Cochon, et il dit tout content :
– Alors ce n'était que ça ! C'était moi !

Vite, Loup défait ses souliers crottés,
puis il met sa chaussure droite au pied droit,
la chaussure gauche au pied gauche.
– Voilà, dit-il tout content. J'ai remis mes chaussures à l'endroit.
Puis il crie :
– Attention, je vais vous attraper !

Mais Lapin, Vache et Cochon ne sont déjà plus là.
Ils sont partis depuis longtemps.

Cachette secrète

Raconté par Paule Brière
Illustré par Hervé Le Goff

Léa connaît un précieux secret, un petit endroit où personne ne la voit.

Personne ne sait où c'est, personne n'a le droit d'y entrer.
C'est une cachette secrète, chez Léa, rien qu'à Léa.

Léa est bien dans sa cachette.
Il y fait chaud et doux comme dans le ventre de Maman quand elle était tout petit bébé.

Léa aime bien sa cachette.
Il y fait beau et gai comme dans les bras de Papa quand il est son prince charmant.

Parfois Léa s'ennuie.
Elle ne peut pas jouer dehors, le jardin est mouillé car il pleut fort.
Elle n'a plus de livre à regarder, plus de cahier à colorier, que des infos à la télé.

Alors, Léa se glisse dans sa cachette.
Elle s'y roule en boule, elle suce ses doigts.
Elle s'y endort même quelquefois.
Et elle rêve...

Parfois Léa taquine son frère rien que pour jouer, pour rigoler.
Mais Lucas ne sait pas s'amuser. Il se fâche, et la bataille éclate.
Et Léa crie, et Lucas tape.

Alors, Léa se sauve dans sa cachette.
Elle compte les marques laissées par les tapes.
Elle grogne, et fait des grimaces dans le dos de Lucas.
Et elle rêve...

Parfois Léa refuse d'obéir.
Maman fait les gros yeux, Papa gronde fort.
Léa se fâche contre eux, elle ne veut plus rien savoir.

Alors, Léa disparaît dans sa cachette.
Elle marmonne des gros mots que Maman n'entend pas, ni Papa.
Puis elle regrette, elle pleure un peu.
Et elle rêve...

Soudain, dans sa cachette, Léa sent le gâteau,
que sa maman prépare pour le goûter.

Du fond de sa cachette,
Léa entend son air préféré,
que son papa siffle pour l'amadouer.

Au creux de sa cachette,
Léa voit son frère Lucas,
qui la cherche pour jouer.

Alors, Léa oublie les tapes et les grimaces.
Léa oublie les gros yeux et les menaces.
Léa oublie la pluie, la fatigue et l'ennui.
Et elle sort de sa cachette.

La vraie vie,
c'est au-dehors !

Pas dodo !

Raconté par Magdalena
Illustré par Laurent Richard

– C'est l'heure de la sieste ! dit Maman Lapin.
– Non, pas tout de suite, je joue ! dit Bébé Lapin en déballant.

– Viens faire une petite sieste, dit Maman Lapin.
– Non, non, j'ai pas le temps, je range ! dit Bébé Lapin en farfouillant.

– Bébé Lapin ! Viens dormir avec ton ours, dit Maman Lapin.
– Non, pas maintenant, je dessine ! dit Bébé Lapin en gribouillant.

– Allez, il faut te reposer un peu, dit Maman Lapin.
– Non, je suis pas fatigué, j'ai du travail de grand !
dit Bébé Lapin en nettoyant.

– Viens quand même me faire un gros câlin, dit Maman Lapin.
– Bon, d'accord, mais un petit alors, dit Bébé Lapin
en grimpant sur les genoux de Maman.

Maman lit une histoire d'ours à Bébé Lapin.
– Et maintenant au lit ! dit Maman Lapin.
– Non, pas dodolit, dodocanapé,
dit Bébé Lapin en s'allongeant contre Maman.

Quand Maman Lapin s'est endormie, Bébé Lapin se relève sans bruit.
– C'est l'heure de dodoours ! dit Bébé Lapin
en cherchant un bon lit pour son ours.

Bébé Lapin couche son ours sur la table du salon.
– Non, dododur ici !

Bébé Lapin couche son ours dans le tiroir de l'armoire.
– Non, dodonoir ici !

Bébé Lapin couche son ours dans le panier à linge.
– Non, dodomou ici !

Bébé Lapin couche son ours dans la bassine en plastique.
– Non, dodomouillé ici !

Bébé Lapin s'allonge sur le tapis.
– Juste bien tapislit ici.

Bébé Lapin couche son ours sur lui.
– Dodolapin bondodo !

Et Bébé Lapin s'endort aussitôt.

Coucou, c'est moi !

Raconté par Nadine Brun-Cosme
Illustré par Maud Legrand

Depuis longtemps, Léo aime Marie en secret.
Marie c'est son amie.
« Aujourd'hui, dit Léo, je vais l'appeler pour l'inviter. »

Léo prend le téléphone. Il tremble un peu.
« À trois, j'appelle Marie. Un, deux, trois ! »
- **Allô** Marie...
- Non. Ici c'est Annie. Marie est sortie.
Elle est partie chercher du papier-cadeau à carreaux chez Julie.

Léo raccroche.

Puis il dit :
« À trois, j'appelle Julie. Un deux trois ! »
- **Allô** Julie. Marie est ici ?
- Non. Marie est repartie. Elle cherchait du ruban gris. Elle est chez Rémi.

Léo raccroche. Il en a un peu assez.

Il dit :

« Allez. À trois, j'appelle Rémi. »

- **Allô** Rémi. Marie est ici ?

- Non. Marie est repartie. Elle voulait un beau ruban gris pour offrir son camion.

- Pour qui ?

- Elle ne me l'a pas dit !

Léo raccroche.

Il dit :
« Si Marie n’est pas chez Annie, ni chez Julie,
ni chez Rémi, alors, où est-elle partie ?
Tant pis, fini, je n’appelle plus. »

Alors, Léo entend : **Toc toc toc !**
Léo ouvre la porte…

C'est Marie !

Elle dit :
- **Coucou,** c'est moi ! Je ne te dérange pas ?

Et puis :
- Tiens ! C'est pour toi !

Et elle pose dans les bras de Léo
un gros paquet à carreaux avec un ruban gris.

Léo sourit. Il dit :
- C'est quoi ?

Mais il le sait déjà.

Personne ne m'aime

Raconté par Geneviève Noël
Illustré par Hervé Le Goff

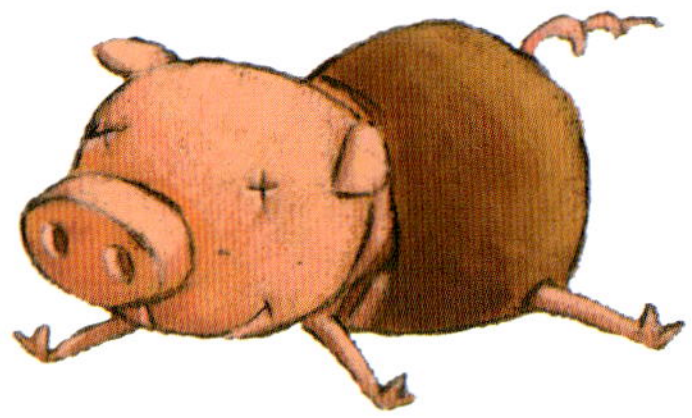

Hop, Mélanie bondit hors de son lit en chantant :
– **Youpi la lère,** aujourd'hui c'est mon anniversaire à moi !

Mais zut alors, personne ne répond.
Très étonnée Mélanie crie :
– Papa, Maman, c'est mon anniversaire.
Alors je veux manger un camembert chaud
et une soupe au gruyère.

Mais ça alors, Papa et Maman Souris ne sont pas dans la cuisine.
Ils ont oublié Mélanie.

Vexée, Mélanie grogne :
– C'est mon anniversaire. Mamie, raconte-moi une belle histoire.

Mais Mamie ne se balance pas dans son fauteuil à bascule.
Elle est partie se promener.
Elle a oublié Mélanie.

Furieuse, Mélanie galope jusqu'au jardin.
– Papi, c'est mon anniversaire. Viens jouer à cache-cache avec moi.

Papi ne répond pas.
Il est parti acheter des fromages au marché.
Il a oublié Mélanie.

Très énervée, Mélanie va sonner à la porte de Camomille, sa meilleure copine.

Mais Camomille est partie jouer avec une autre copine.
Elle a oublié Mélanie.

Craaac, le cœur de Mélanie se casse en quatre.
Elle rentre chez elle en hurlant :
– **Ouin, in in,** personne ne m'aime ! Je suis une petite souris abandonnée.

Bing, Mélanie donne un coup de patte dans la porte de sa maison.
La porte s'ouvre.

Et Mélanie se trouve nez à nez avec son Papa, sa Maman,
sa Mamie, son Papi et sa copine Camomille.
Ils ont des cadeaux plein les pattes, de l'amour plein les yeux.
Et ils chantent :
– Bon anniversaire Mélanie !

Le Géant va venir ce soir

Raconté par Claire Clément
Illustré par Élisabeth Schlossberg

Petit-Louis met ses bottes et son casque,
il prend son bouclier et son épée.
Il est le Chevalier Noir et, comme tous les soirs, il attend le Géant.

Soudain...
Boum, boum, boum !
C'est le pas du Géant ! Il arrive, il est là !
Vite, Chevalier Noir se cache derrière la porte.

Le Géant ouvre la porte, il entre dans la maison,
il renifle à petits coups, il dit de sa grosse voix :
– Ça sent le Chevalier Noir… Si tu es là, Chevalier Noir, montre-toi !

Derrière la porte, Chevalier Noir ne bouge pas.

Mais d'un grand coup de pied, le Géant ferme la porte.
Et voilà Chevalier Noir face au Géant !
– À l'atttaaaaaqueeeuuuuu !

Le Géant se frotte les mains, tout content :
– Ho, ho, ho ! dit-il. Il y a un Chevalier Noir, là…
que je vais emmener dans mon pays, en Zizanie.
Allons, petit Chevalier Noir, viens par ici…

Chevalier Noir n'est pas d'accord. Ah ça, non !
Il pousse son cri de guerre :
– À l'atttaaaaaqueeeuuuuu !

Et hop, il bondit entre les jambes du Géant !
Il court, il court…
Il connaît une cachette…
Ha, ha ! Bien malin qui le trouvera !

Dans sa cachette, Chevalier Noir rit comme une baleine.
– Ha, ha, Ha ! Hi, hi, hi ! Ho, ho, ho !

Mais le Géant a l'oreille fine.
Il s'approche de la cachette.

Chevalier Noir s'arrête de rire, il s'arrête de respirer...
Trop tard !
Le Géant l'a vu...
Ho hisse ! Il tire Chevalier Noir, il le traîne jusqu'à lui !

Et hop là, il l'envoie en l'air !
Une fois, deux fois...

La troisième fois, Chevalier Noir pousse son cri de guerre :
– À l'atttaaaaaqueeeeuuuuu !

Il tire sur la barbe du Géant qui crie :
– Ouille, ouille, ouille !

Il tire sur ses cheveux :
– Aïe, aïe, aïe !

Le Géant ne se laisse pas faire. Ah ça, non !
Il met Chevalier Noir sur son épaule comme il porterait
un sac de pommes de terre, et il crie :
– C'est fini, c'est du tout cuit, en avant pour la Zizanie !

Chevalier Noir ne veut pas aller en Zizanie.
Ah ça, non !
Il se tortille comme un serpent, et il glisse ses mains sous le gros pull du Géant.
On dirait des petites bêtes qui se promènent partout,
et qui chatouillent... beaucoup, beaucoup !

Le Géant faiblit, il devient tout mou, il supplie à genoux :
– Pitié, non, pas ça, pitié...

Chevalier Noir n'a pas de pitié. Ah ça, non !
Il monte sur le dos du Géant.
Alors ? C'est qui le plus fort ?
C'est Chevalier Noir ou c'est Le Géant ?

Patatras !
Le Géant tombe par terre.
Il rit, il n'en peut plus. Il est vaincu.

Alors Petit-Louis pousse un cri de victoire :
– Papa !

Eustache et Raoul

Raconté par Anne-Marie Chapouton
Illustré par Gérard Franquin

Le chat Eustache s'en va dans le jardin
pour visiter le monde.

Il avance doucement, et **Plaf !**
Il met les pattes dans une flaque.

– Aïe ! brr... brr... !
Le monde est mouillé, dit Eustache.

Tout mouillé alors, Eustache s'allonge à l'ombre
et il se met à se lécher.

– Gla gla gla ! Le monde est froid, dit Eustache.

Et il repart.

Un peu plus loin, il y a une grande tache de lumière toute dorée.
Eustache s'allonge encore.

– **Hou !** Que c'est bon !
Merveille, le monde est chaud !

Quand Eustache est bien réchauffé, quand il est bien sec, il repart à l'aventure.

Là-bas, il voit des petits points rouges sous les feuilles.
Il s'approche, il renifle, il goûte.

– **Yum yum !** dit Eustache en croquant les fraises sauvages.
Yum yum ! Le monde est sucré !

Un peu plus loin, une famille de violettes tremble dans le petit vent frais.
Eustache met le museau dedans.
– **Oh ! là, là !** Que le monde sent bon !

Zoum Zoum Zoum !

– Quel est ce bruit ? dit Eustache en s'approchant.

Ce sont les abeilles qui bourdonnent dans les buissons fleuris.

– Ah ! Que le monde est bruyant ! dit Eustache en s'éloignant.

Il se couche dans l'herbe pour écouter un grillon.
Mais le grillon s'arrête parce que sa chanson est finie.

Tout est si calme maintenant.
Même les pétales ne font pas de bruit en tombant.

– Que le monde est silencieux, dit Eustache en fermant les yeux.

Eustache dort maintenant.

Mais bientôt, une graine de pissenlit apportée par le vent tombe doucement sur ses moustaches.
– Oh ! Que le monde est léger ! dit Eustache en regardant la graine qui s'envole plus loin.

Alors Eustache se relève et reprend sa promenade.

Et voilà qu'il se cogne contre Raoul le hérisson.

– **Aïe ! aïe ! aïe !** Le monde est piquant !
s'écrie Eustache en sautant en l'air.
– Mais non ! répond le hérisson.
Je suis Raoul, le hérisson, je ne suis pas le monde.
Excuse-moi de t'avoir piqué, je ne t'avais pas vu. Qui es-tu, toi ?

– Ce n'est pas grave, répond le chat.
Je suis Eustache, le chat, et je visite le monde.
– Moi aussi, répond Raoul. Comme c'est drôle !

Alors, Raoul et Eustache continuent leur voyage ensemble.

Parfois le monde est mouillé, parfois le monde est froid.
Parfois il est chaud, il est sucré ou il sent bon.
Parfois il est bruyant ou bien il n'est que silence.
Parfois il est léger, léger, parfois il est piquant aussi.

Mais maintenant, surtout, pour Eustache et pour Raoul,
le monde est doux, doux, doux, parce qu'ils sont devenus amis.

L'histoire du soir

Raconté par Laurence Gillot et Philippe Thomine
Illustré par Marc Boutavant

C'est l'histoire…

de **Martin Lapin** qui avait un beau potager et qui, tous les soirs, allait s'y reposer.

Il regardait la nuit tomber, les étoiles s'allumer une à une,
et la lune, la belle lune, monter au milieu du ciel.

Puis, quand il faisait tout noir, bien noir, il respirait à pleins poumons
le parfum des carottes et des poireaux, des salades et des haricots.

C’est à ce moment
que Martha Lapin l’appelait.
Elle disait :
– **Martin !** Viens dire bonsoir
à nos lapereaux !

Martin descendait alors
dans le terrier,
il embrassait ses petits,
et leur chuchotait :
– Mes chers enfants,
écoutez bien !
C’est l’histoire…

… de **Florent Éléphant** qui avait une belle prairie
et qui, tous les soirs, allait s'y reposer.

Il regardait la nuit tomber, les étoiles s'allumer une à une,
et la lune, la belle lune, monter au milieu du ciel.

Puis, quand il faisait tout noir, bien noir, il respirait à pleins poumons
le parfum des arbustes et de leurs baies tendres, et celui de l'herbe haute et blonde.

C'est à ce moment
que Flora Éléphant l'appelait.
Elle disait :
– **Florent !** Viens dire bonsoir
à nos éléphanteaux !

Florent se glissait alors
sous le feuillage des arbres,
il embrassait ses petits,
et leur chuchotait :
– Mes chers enfants,
écoutez bien !
C'est l'histoire…

… de **Paolo Manchot** qui avait un bel iceberg
et qui, tous les soirs, allait s'y reposer.

Il s'asseyait tout en haut, et il regardait la nuit tomber, les étoiles s'allumer une à une, et la lune, la belle lune, monter au milieu du ciel.

Puis, quand il faisait tout noir, bien noir, il respirait à pleins poumons le parfum du vent et de l'océan, de la glace et du poisson.

C'est à ce moment
que Paola Manchot l'appelait.
Elle disait :
– **Paolo !** Viens dire bonsoir
à nos petits manchots !

Paolo retournait alors
sur la banquise,
il embrassait ses petits,
et leur chuchotait :
– Mes chers enfants,
écoutez bien !
C'est l'histoire...

… d'**Éloi Dauphin** qui vivait dans un grand lagon
et qui, tous les soirs, allait s'y reposer.

Il posait sa tête sur une vague, et il regardait la nuit tomber,
les étoiles s'allumer une à une, et la lune, la belle lune, monter au milieu du ciel.

Puis, quand il faisait tout noir, bien noir, il respirait à pleins poumons
le parfum du sable et des algues, de la marée et des coquillages.

C'est à ce moment
qu'Élisa Dauphin l'appelait.
Elle disait :
– **Éloi !** Viens dire bonsoir
à nos bébés !

Éloi rejoignait alors
son repaire sous l'eau.
Il embrassait ses petits,
et leur chuchotait :
– Mes chers enfants,
écoutez bien !
C'est l'histoire…

… de **Martin Lapin** qui avait un beau potager…